골드미스
네 아이의 엄마가 되다

49세 독신주의자
결혼해서
좌충우돌 웃음만발 아내와 엄마 되기

필자가 결혼한 것이 주변 분들에게 그렇게나 재밌는 모양이다.

뭘 먹고 사는지? 어떻게 살고 있는지? 아이들은 잘 크고 있는지? 모든 것이 다 궁금한 모양이다.

결혼을 앞두고 친구 둘이랑 카페에 갔었다. 결혼 소식을 알렸는데 갑자기 친구가 박장대소를 하면서 카페가 떠나가도록 눈물을 흘리며 웃어댔다.

"사장님, 내 친구가 49살인데 시집간대요."

"해외토픽감이에요."

민망할 정도로 30분 정도 웃은 것 같은데, 3일은 웃은 것 같다.

따라다니며 우리 집 이야기를 글로 써보라고 권하는 분들이 계셨다.

필자는 49세, 일 외에는, 살림은 하나도 할 줄 모르는 골드미스, 고생은 별로 해 본 적이 없고 삶 자체가 하나님 연줄로만 사는 것 같은 여자.

남편은 아내가 먼저 하늘나라 간 사별남, 직업은 목사. 스타일은 하나님밖에 모르고 앞만 보고 돌진하는 열정 맨. 그런데 자녀가 4명, 유학 중인 대학생 19세 첫째 딸, 고등학생 17세 둘째 딸, 초등학생 9세 셋째 딸, 유치원 6세 넷째 아들.

모두가 무슨 드라마 보는 것 같은가 보다.

아직 결혼하지 않은 분, 결혼 자체를 아예 생각 안 하는 분, 너무 바쁘게 일하다 보니 결혼 시기를 놓친 분, 그럭저럭 혼자 살다 보니 혼자가 편한 분, 이제 결혼하자니 결혼이 두려운 분, 이혼이나 사별로 홀로 계신 분, 재혼하자니 용기가 안 나는 분...

모든 분에게 저 같은 사람도 결혼해서 잘살고 있다고 용기를 주고 싶다. 결혼할 마음을 포기하지 말라고 말하고 싶고, 하나님께 기도하고 사람들에게 기도 요청하라고 말하고 싶다.

하나님이 우리에게 직접 제정하여 주신 선물, 바로 가정과 교회. 결혼은 안 하면 편할지 모르지만 해 보는 것도 진짜 좋은 것 같다. 왜냐하면 하나님의 사랑을 더 깊이, 더 감격적으로, 입체적으로 이해할 수 있기 때문이다.

이 책은 필자가 뻔뻔하게 가정을 꾸려나가는 이야기다.

6세, 9세 자녀에게 49세나 된 엄마가 친구랑 얘기하듯 힘들면 힘들다고 투정하고, 티격태격하며 너무 솔직하게 주고받는다.

자녀를 꼭 이겨 먹는 엄마다. 꼭 자녀가 엄마 같고 엄마가 자녀 같다. 뻔뻔함밖에 없는데 하나님과 사람들의 측은지심 은혜로 진짜 잘살고 있다. 삶 자체가 기적이다.

원고를 쓰고 가족들에게 보여줬다.

8년의 세월이 훌쩍 지나 결혼한 첫째, 성인이 된 둘째, 청소년 시기를 지나고 있는 셋째, 넷째, 담임목사로 재미있게 사역을 하고 있는 남편.

혹여 가족 한 사람이라도 불편할까 봐 마음이 두근거린다. 모두 여전히 긍정적이고 완전 지지해 주고, 편이 되어준다. 사위까지 한 명 더 우리 편이 늘었다. 시부모님은 완전 광팬. 친정 식구들은 무조건 이유도 안 묻고 박수를 보내 준다.

충정교회는 진짜 좋은 교회다. 이 시대에 하나님이 너무 기뻐하시고 전 세계에서 제일 좋은 분들이 다 모였다. 사랑하는 우리 교역자들, 눈물 나도록 고맙고 사랑스럽다.

따스한 이야기 김현태 대표님, 김은기 사모님, 이 땅에 살면서 이런 좋은 동역자가 있다는 것은 큰 행복이다.

오늘도 너무너무 사랑하는 하나님, 우리의 행복을 위하여 일하고 계심에, 표현할 수 없는 감사를 올려 드린다.

2021년.
예수 때문에 살아가는 이유가 있고
남편을 너무 좋아하는 늦둥이
권미진

CONTENTS

49세 독신주의자 결혼해서

아내와   엄마 되기

CONTENTS

49세   독신주의자   결혼해서 . . .

CONTENTS

49세   독신주의자   결혼해서   . .

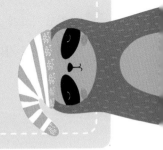

손에 물 하나 안 묻히게 해 줄게요
내가 평생 업고 다닐게요

핸드폰 벨이 울렸다. 사모님이 지병으로 하늘나라 가신 원주지회 대표 최규명 목사님이셨다.

"어머, 대표님, 장례는 잘 치르시고 몸은 잘 추스르고 계세요?"
"안녕하세요? 어려운 부탁이 있어서 전화를 드렸습니다."

목사님께서 교회로 사역지를 옮기면서 후임자를 구하다가 필자가 가장 적합하다고 여겨져서 연락하셨다는 것이다.

필자는 CEF(Child Evangelism Fellowship, 이하 CEF라 함) 한국 본부에서 전도부장을 하면서 20년 동안 아주 신나게 사역을 즐기는 중이었다. 시골 출신이다 보니 서울을 유별나게 좋아한다. 서울에는 복음을 들어야 할 사람들이 가장 많이 있기 때문이다. 그런데 강원도 원주로 와서 사역해 달라는 말이 처음에는 너무 싫었다. 많이 울고불고 고민에 고민을 했지만 결국 순종하기로 했다.

2012년 4월 30일, 20년 동안 한 CEF 한국본부 사역을 사임하고, 다음 날 5월 1일, 원주지회 대표 사역을 시작했다.

5월 3일, 원주지회 대표 이취임식을 했다. 전국의 귀한 분들이 많이 오셔서 축하해 주시고 쉽지 않은 결단에 박수와 위로와 격려를 해주었다.

그런데 그날 필자를 완전히 구렁텅이로 쳐넣는 이상한 일이 생겼다. 필자와 최 목사님이 정장을 입고 꽃을 달고 당연히 나란히 앉고 사진을 찍고 손님들에게 일일이 인사를 했다.

그런데 참석한 사람들이 아무 생각도 없이 그냥 툭툭 말을 뱉어내기 시작했다. 필자와 최 목사님이 쌍둥이 같다는 둥, 남매 같다는 둥, 배다른 동생 아니냐, 잃어버린 동생 아니냐, 심지어 둘이 결혼했으면 좋겠다, 닮은 사람끼리 만나면 잘 산다더라, 우리는 오늘부터 '결혼추진위'를 만들어 기도하겠다 등 뜬금없이 킥킥거리며 쏟아내는 말들을 그냥 폭탄처럼 맞았다.

　최 목사님은 몇 달 전에 사모님이 먼저 하늘나라로 가시고 새로운 큰 변화에 도전하고 있었다. 사람들이 그냥 하는 말들은 무시했지만, 오랜 시간 같이 일했던 사역자들도, 정말 존경하는 선배들까지도 너무 진지하게 새로운 사역에 관한 얘기보다는 결혼 얘기를 은근슬쩍 하고 있었다. 누가 결혼 못 해 안달 난 것도 아니고, 필자는 이미 CEF 사역을 시작하면서 20년 전에 독신을 선포한 바 있다.

　시간이 지날수록 아는 사람, 모르는 사람들이 나를 아주 궁지로 몰아갔다. 심지어 캠프에 참석한 아이들도 부모님에게 전 대표님과 현 대표님이 결혼하면 좋겠다고 말하고 다녔다. 온통 쑥덕쑥덕, 수군수군, 키득키득, 농담, 진담들이 돌아다녔다.
　원주에 오고 싶지 않아 한 달간 폭포 눈물을 흘렸는데, 이제는 뒷담화 때문에 힘든 시간이 계속되었다. 남 보는 데서는 초연한 하루를 겨우 보내고 매일 저녁마다 혼자 방에서 밤새도록 대성통곡을 하였다. 내 의지와 상관없이 분위기는 막 몰아가고 있었다.

사방에서 쑥덕쑥덕, 온 동네 사람들이 다 중매쟁이가 되셨는지, 사명감을 가지고 남의 일에 모두 신이 났다. 양쪽에서 이 사람, 저 사람 다 난리였다. 필자는 아마 백 명 이상에게 들은 듯하다.

그런데 사람들은 전임자에게도 마찬가지였다. 담임 목회를 시작하는데 아이들은 넷이고 사모가 안 계시니 그 안쓰러움으로 교회의 어르신들은 모든 초점이 결혼에 있는 듯했다.

계속 후임자를 들먹이며 푸시를 하니 나와 최 목사님은 만날 때마다 눈치를 보며 주변의 쑥스러운 대화를 거론했다. 그렇게 우리 둘은 열심히 사람들의 뒷담화에 시달려 파도에 밀리듯 떠밀려가고 있었다.

어느 날 최 목사님이 "사람들이 우리보고 결혼하라는데 우리 결혼할까요?"라고 했다.

"무슨 소리 하십니까? 전 독신주의자입니다."

필자가 원주 지역에서 아는 사람은 최 목사님뿐이었고, 전화나 메일이나 만남을 통해 17년 동안 해온 사역에 대한 도움도 계속 받아야 하고, 게다가 원래 전부터 잘 알고 지내는 선후배고, 부담 없는 동역자라서 우리끼리는 불편함이 전혀 없었다.

매년 원주에 강의를 왔고, 차가 없던 시절에는 아예 다른 지회 갔을 때처럼 최 목사님 집에서도 숙박하고 사모님과도 오랜 시간 교제도 했었다.

"사람들이 전화로 결혼 얘기를 너무 진지하게 꺼내는 데요..."

"나는 거의 미칠 지경이에요. 사람들이 왜 그러는지 모르겠어요. 아주 재밌나 봐요. 자기 일 아니라고 자기들 마음대로 시나리오를 쓰고 정말 가슴이 터질 것 같아요."

만날 때마다 이런 얘기가 오고 가니 나도 모르게 억울함이 북받쳐 올라 대성통곡을 하였다. 최 목사님이 등을 토닥여주었다.

한참을 울다가 우리는 그렇게 마음이 녹아진 것 같았다.

49세   독신주의자   결혼해서 . . .

"나는 밥도 할 줄 몰라요. 밥 안 해 본 지가 몇십 년 됐어요."
"걱정 마요. 밥은 밥솥이 해줘요."

"난 빨래도 할 줄 몰라요."
"빨래는 세탁기가 다 해줘요."

또 눈물이 핑...

"눈에 눈물 나지 않게, 손에 물 하나 안 묻히게 해 줄게요.
내가 평생 업고 다닐게요."

그렇게 손을 꼭 잡고 걸으면서
그냥 우리는 서로 대답이 돼버렸다.

골드미스 네 아이의 엄마가 되다

49세 독신주의자 결혼해서
좌충우돌 웃음만발 아내와 엄마 되기

핸드폰에
가족들 이름을
뭐라고
저장하지?

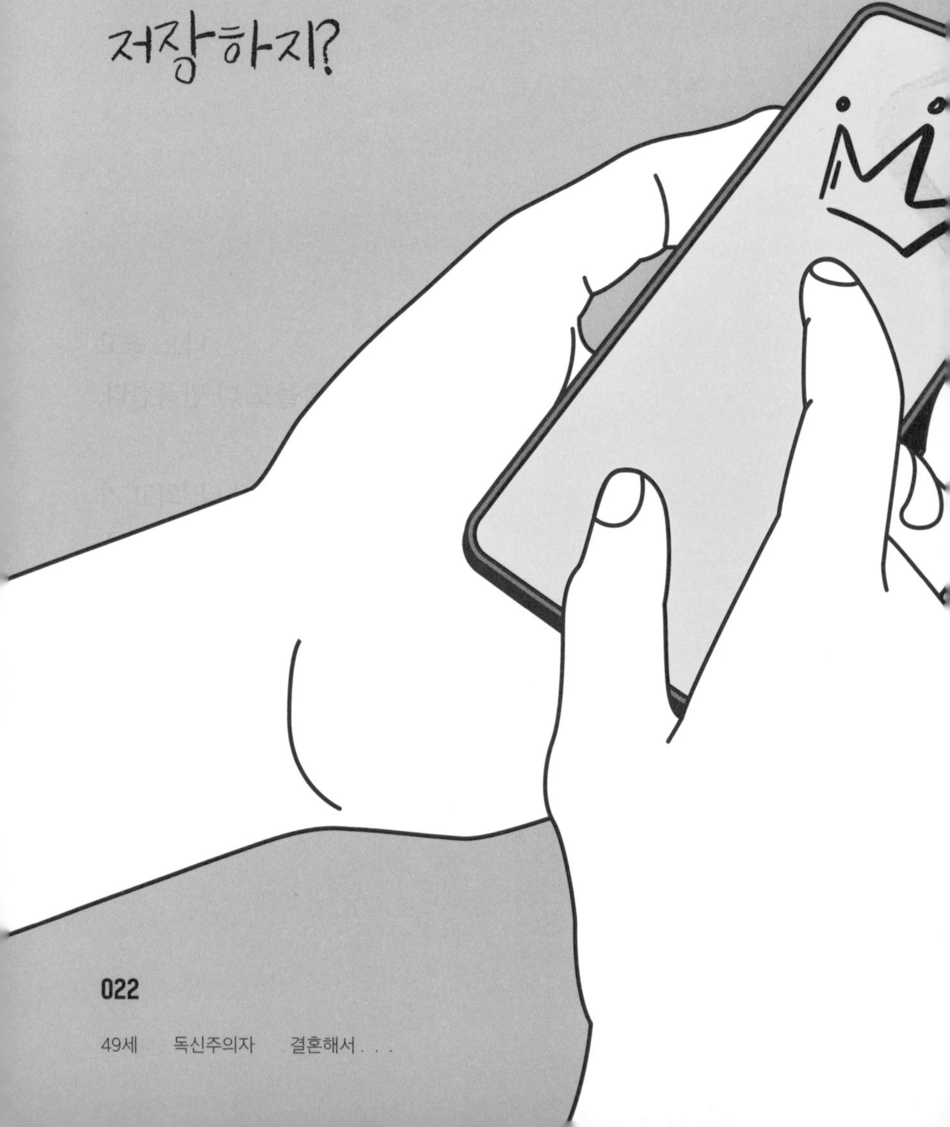

49세   독신주의자   결혼해서...

그래, 최 씨니까 '최고'
우와!

최고 신랑
최고 첫째 딸
최고 둘째 딸
최고 셋째 딸
최고 아들

나도 좋고
가족들도 다 만족한다.

'최고'라고 쓰니까 온 가족이 다 '최고'가
되어 간다.

내가 존중하여 불러주는 대로
그 이름이 되는 것을 본다.

아내와   엄마 되기

뽀 뽀 뽀

처음으로 만난 6세 막내랑 어떻게 하면
마음을 열 수 있을까?

스킨십!
심장과 심장 소리를 들으며...

그 옛날 아이들과 즐겨했던 '뽀뽀뽀' 동요를 생각나게 하셨다.

막내를 꼭 껴안아 심장을 꽉 맞대고 '뽀뽀뽀' 가사만 나오면 뽀뽀
하는 것을 가르쳐 주고 노래하며 일방적으로 게임을 시작했다.

아빠가 출근할 때 뽀뽀뽀
엄마가 안아줘도 뽀뽀뽀
만나면 반갑다고 뽀뽀뽀
헤어질 때 또 만나요 뽀뽀뽀

'뽀뽀뽀'가 나올 때마다 열심히 뽀뽀했다.

024

서로 엄청 어색함을 가지고...
고개를 옆으로 자꾸 돌리던 막내가 노래가 끝나갈 때쯤
점점 빨려드는 것을 느꼈다.

가슴이 콩닥콩닥!

한 번 더 노래를 불렀다

아빠가 출근할 때 뽀뽀뽀
엄마가 안아줘도 뽀뽀뽀
만나면 반갑다고 뽀뽀뽀
헤어질 때 또 만나요 뽀뽀뽀
우리는 귀염둥이 뽀뽀뽀 친구
뽀뽀뽀 뽀뽀뽀 뽀뽀뽀 친구

두 번 게임 후 우리는
어색함을 다 몰아내고 완전히
하나가 되었다.

우리 집 '대장'

어느 날 셋째와 넷째가
우리 집의 대장은 엄마라고 하였다.
깜짝 놀라 이유를 물어봤다.
에쿠!
엄마가 아빠보다 나이가 많으니까
당연히 엄마가 대장이란다.

49세   독신주의자   결혼해서 . . .

"하나님이 이 세상을 창조하셨어.
아담을 만드시고 그다음에 갈빗대로 하와를 만드시고
'보시기에 좋았더라'라고 하셨어."
"하나님이 가정을 만드실 때 나이로 질서를 세우지 않으셨어.
무조건 아빠를 대장으로 삼으셨어. 아빠가 가정의 대장이 되어
가정을 책임지고 이끌어 나가게 하셨어."

"엄마는 부대장이야.
그렇다고 엄마가 아빠 밑이라는 소리는 아니야.
아빠는 힘이 세니까 엄마와 아이들을 지켜주고
사랑하라고 하신 거야."

"아빠와 엄마와 자녀, 가정 구성원의 관계를 통해
하나님과의 관계를 더 잘 이해하게 해 주셨어."

거기
'배스킨라빈스' 있어요?

원주에 오기 직전 문자를 주고받다가
아이들 소리가 나길래
갑자기 배라 쿠폰을 보내려고 톡을 보냈다.

"거기 배스킨라빈스 있어요?"

잠시 후 온 장문의 답글을 보고 쓰러졌다.
몇 년이 지나도 웃긴다.

49세   독신주의자   결혼해서 . . .

원주에는
배스킨라빈스도 있고,
피자헛도 있고, 빕스도 있고,
던킨도너츠도 있고...
원주 추어탕, 원주 복숭아,
원주 치악산, 가나안 농군학교,
최규하 대통령도
원주 출신이고
원주 프로미 농구도...

아니, 나는 집 주변 가까운 데
배스킨라빈스가 있는지 물어본 건데... ㅋㅋ

이 남자의 이런 순수함이 좋다.

엄마는 우리 중에
누구를 제일 사랑해요?

나지, 당연히!
아니야, 나야!
토닥거리는 셋째와 넷째.

응, 엄마가 일등으로 사랑하는 사람은... 바로 아빠야.

실망감이 싹 감도는 아이들에게 바로 촌수 공부 시작.

왜냐하면 엄마 아빠는 한 몸이야.
둘이 하나, 그러니까 엄마 아빠는 무촌.
0촌. 촌수가 없어. 하나니까!
엄마 아빠랑 너희들과는 1촌
언니 동생 형제자매끼리는 2촌,
3촌...   4촌...   5촌...   6촌...

49세   독신주의자   결혼해서 . . .

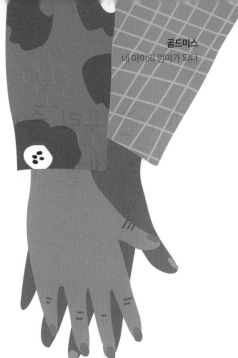

알겠지.
엄마는 아빠를 일등으로 사랑해.
노 터치.

셋째가 재빨리 질문한다.
그럼 2등으로는 누굴 사랑해요? 나죠?

당연히 첫째 누나, 둘째 누나, 셋째 누나겠죠.
힘없이 실망하며 던지는 넷째.

아니야.
엄마 아빠는 무촌이지만
너희들은 다 1촌이니까 당연히 다 똑같이 사랑하지.

사랑해~!
닭다리는 누가 먹지?

처음으로 치킨을 배달시켰다.
고소한 냄새가 풍기고 정성껏 감사기도를 한 후
두 개뿐인 다리를 놓고 잠시 정적이 흘렀다.

그때 머릿속에 스치는 어느 대학교수님의 MT 때 이야기.

치킨이 배달되어오면 너나 할 것 없이 대학생들이
동시에 다리 부위를 서로 잡는다는 것이다.
옆에 계신 교수님에게도, 친구에게도
양보라는 게 없었다고 한다.

032

49세   독신주의자   결혼해서 . . .

닭다리는 2개
우리 가족은 6명
그럼 다리는 누가 먹어야지?

아이들이 힘없이 대답한다.
엄마 아빠가요.

그럼, 당연히 대장이 먹는 거야.
그 대신 나머지는 너희들이 다 먹어!
아빠가 민망해하며 애들 주라고 밀어내지만 단호하게
아빠 거야 그렇지?
당신이 드셔야만 해요.

할 수 없이 닭다리 하나 들고
방으로 도망가는 아빠를 보며
아이들은 양으로 만족하며
감사하게 맛있게 먹는다.

대장이 꼭 오셔야 해!

대장이 식탁에 앉아 수저를 들기 전까지
우리는 기다려야 해.

배고파요. 빨리 나가야 해요.

바쁘면 가서 아빠 손 잡고 와!

나 안 먹어. 먼저 먹어요.

아빠 안 드신대요.
우리 바빠요.
배고파요.

054

49세 개인주의자 결혼해서 . . . .

안돼. 아빠 모시고 와야 해.
대장이 오셔야지.
대장이 수저 들어야 우리도 드는 거야. 기다려!

아빠 안 먹는다. 바쁘다.

이번에 셋째가 가봐. 아빠 손 잡고 와!

뾰로통한 아이들
귀찮은 아빠
끝까지 해 볼 엄마

그래도 식탁에 앉아 밥 먹기 시작하면 언제 그랬냐는 듯
맛있게 신나게 밥 먹는다.
미안한 아빠는 설거지를 해 주신다.

어떡하면 좋겠어?

곰곰이 진지하게 아이들과 상의를 했다.
엄마가 직장에 나가는 게 좋겠어?
집에서 너희들 기다려주면 좋겠어?

생각보다 빠르게 바로 대답한다.
엄마가 대표님 그대로 했으면 좋겠어요.

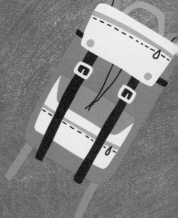

49세   독선주의자   결혼해서

그러면 엄마가 늘 늦게 오고 일찍 가고
합숙도 자주 가서 없을 때는
너희들이 다 챙겨 먹어야 하고...

괜찮아요.
그래도 우린 엄마가 대표님하는 게 더 좋아요.

엄마가 없는 자리
늘 사랑으로 채워 주고
스스로 알아서 너무 잘하는 아이들이
너무 고맙다.

아내와 엄마 되기

뭐 먹고 살아요?

필자를 만나는 사람들이 꼭 하는 질문이다.
필자도 고민인데 필자를 아는 사람들은
여간 걱정이 아닌가 보다.

농사를 지으시는 분, 텃밭을 가꾸시는 분들이
고구마, 옥수수, 감자, 오이, 쌀, 상추, 호박을 들고 오신다.

"고구마를 우리 사모님이 삶을 줄 아시려나?"
"네이버가 가르쳐 줘요. 걱정하지 마세요."
"킥킥 킥."

49세   독신주의자   결혼해서 . . .

어떤 분은 회사 구내식당을 운영하시는데
일주에 2~3번 반찬을 가득 싸 오신다.
세상에 이런 사랑과 정성이 어디 있을까?

"만약 엄마가 음식을 잘해봐 누가 주시겠어?
못하니까 이분 저분 천사들을 통해 이런 특별 음식을
먹어보는 게 아니겠어? 그렇지?"

착한 우리 애들은 무조건 그렇다고
긍정적으로 대답해 준다.

039

♥

여보,
생활비 안 갖다 줘도
될까요?

남편이 힘들게 운을 띄운다.
부임한 목회지 성도들이 너무 많이 지쳐있고, 재정도 어렵고
한 분 한 분 찾아뵙고 밥을 사주며 축복하고 싶은데...

생활비를 안 줘도 되냐는 것이다.

필자는 대표 사역을 하고 있어서 사례비를 받고 있고
또 사택도 주시고 지원도 해 주시니
사람 세우는 일인데 당연히, 기꺼이, 흔쾌히 Yes.
둘이서 열심히 퍼다 나른다.

49세 독신주의자 결혼해서 . . .

그런데 우리가 퍼 나르는데,
여기저기 까마귀들이 "까악, 까악" 우리 집 식구들을
맛있게 먹여 살리신다.
평생 처음 얻어 먹어보는 밥이라며 너무 큰 격려를 받으신다.
너무 감사하다.

치킨 맛있게 먹기

아빠는 식사 약속 가시고
누나들도 식사 약속 가고
배고픈 막내들과
온종일 강의하고 온 완전 지친 엄마만 남았다.

우리 맛있는 거 시켜 먹자.

한 손에는 일회용 장갑을
한 손에는 포크를
신나게 먹는 넷째와 우아하게 먹는 셋째와 엄마가
정신없이 먹는다.

042

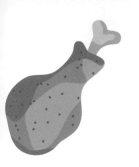

물렁뼈도 먹어야 해.
전에 TV를 보니깐 뼈만 기가 차게
쪼르륵 남긴 아저씨도 있더라

나름 야물딱지게 먹고
자기 먹던 비닐장갑을 뒤집은 채로 그대로 뼈를 담아서
다시 묶으면 손 하나 기름기 묻히지 않고
그대로 쓰레기통에 쏘옥.

뿌듯 뿌듯
부른 배를 어루만지며
예쁜 목소리로 감사하다는 인사를 빠트리지 않는
예쁜 아이들.

음식 취향

49세   독신주의자   결혼해서...

아이들과 함께 엄마 준비를 하며
먼저 물어보았다.

가장 좋아하는 음식은?

깨 갈아 넣은 미역국이란다.

아이고,
평생 밥 안 하고 살아온 여인에게...
부담감이 팍팍.

이제는 양식, 간편식도 다 잘 먹는다.

그래도
몸에 좋은 거, 영양 챙겨가며 따져가며 잘 먹으려 한다.

아프지 않고
골고루 다 잘 먹어줘서 참 고맙다.

045

막내가
걱정인가 보다

유치원의 다른 친구들 엄마보다
자기 엄마가 나이가 제일 많다는 걸 알아차렸나 보다.

그러기도 하겠다.
안 그래도 막둥이로 태어나 큰 누나와도 13살이나 차이 나는데...

막내야!
네가 중학생이 되면 엄마는 저 집사님 정도 되고
네가 대학생이 되면 저 권사님 정도야.
걱정하지 마!

나이보다 젊게 보이는 집사님, 권사님을 가리키며 설명했다.

자기가 봐도 안심이 되는 듯했다.

49세   독신주의자   결혼해서 . . .

오늘 내 기도가 바뀌었다.
전에는 굵고 짧게였는데,
하나님, 우리 막내를 생각해서라도
굵고 길게요.

♥

난 엄마 껌딱지
난 엄마 매미

껌은 말라서 떨어져.
매미는 얼어서 죽어.

셋째와 넷째 경쟁이 치열하다.

예배시간에도 양쪽에 딱 달라붙어 앉아서
엄마 손 뺏기 경쟁이다.

엄마가 늘 메모하기 때문에
오른손은 내내 잡고 있을 수 없기 때문이다.

예배가 끝나면 양쪽으로 밀려 몸이 S자로 휘어진 듯이 아프다.

048

49세   독신주의자   결혼해서 . . .

엄마는 예배에 방해된다고 투덜대지만
성도들은 뒤에서 우리 모습이 그리 보기 좋단다.

하기야 다 크면 기대지도 않겠지?

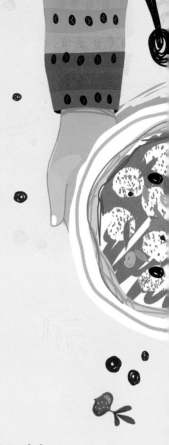

이건 할 줄
아는 거예요?

평생 사역하느라 집에서 밥 먹을 시간도 없이 보냈다.
요리에 대한 의지를 가져본 적도 없고
투자한 시간도 없었다.

어느 날부터 무조건 밥을 해야 하네?
나랑 식성도 다르고
난 먹기만 해봤는데...

주위에서 까마귀들이 열심히 일용할 양식을 물어다 준다.

050

까마귀가 못 올 때면
SNS 레시피를 펼쳐놓고 요리를 시도한다.
그럴싸하게 요리가 된다.
스스로 너무 잘한다고 자화자찬해 가며
온갖 생색을 다 내 본다.

어느 날
자신 있게 요리하는 엄마를 본 넷째,

엄마 이건 할 줄 아는 거예요?

응, 아까 다 봤어.

꼼짝 말고
그 자리에 서 있어야 해

매주 실시하는 주간 저녁 강습회에
참석하고 싶다고 계속 졸라댄다.

9세 누나 손 꼭 잡고 오는 조건으로 5분 거리를
걸어서 올 것을 허락했다.

강습회 한 시간 전 셋째만 울면서 들어온다.
남자라고 누나 손잡는 게 자존심 상하는지
아파트 정문을 나오자마자
손을 뿌리치고 혼자 뛰어갔단다.

하늘이 샛노랗다.

주여, 안전하게 해 주세요.

너는 저쪽 나는 이쪽
다 나서서 애를 찾는다.
한 블럭이 왜 이리 긴지...
순간 스치는 오만가지 생각.
주여!

한참 후 요리조리 피해 우리보다 먼저 사무실 도착했다고
연락이 왔다.

왈칵 쏟아지는 눈물로
두 손을 들게 하고 무릎을 꿇게 한 다음 개인행동에 대한
훈계 시작.
길을 잃었을 때 절대 움직이면 안 돼!
꼼짝 말고 그 자리에 서 있어야 해.

주여, 감사합니다.

사원

혼자 하는 남자

054

49세   독신주의자   결혼해서...

골드미스가 남아를 샤워시키는 것은 엄청 쑥스럽다.
아빠께 부탁했더니
그 큰 손으로 씻기는 데 아픈가 보다.
혼자서 하겠단다.

온몸에 샤워기로 먼저 물을 뿌리고
머리에 샴푸 하고
온몸에 바디샴푸 해서
한꺼번에 헹구라고 일러준다.

물도 절약하고 시간도 절약하고.

몇 번 가르쳐 주니
꽤 잘하는 것 같다.

이제는 혼자 다 한다.

♥ 엄마는 극한 직업

아, 생색 없는 시간!

엄마의 길은 너무 험난하다.

온종일 긴장에, 그냥 인생 자체가 없는 듯하다.

솔로일 때는 10분 더 자고 숙달된 신속한 손놀림으로
후다닥 씻고 운전하며 간단하게 아침을 해결했다.

결혼하니 아, 이게 장난이 아니다.
새벽기도 다녀와서 잠도 못 자고 2시간을 소용한다.
나도 씻고 애들도 챙겨줘야 하고 신랑도 챙겨줘야 하고.

늘 30분 전 출근해서 묵상하고 커피도 마시고
여유 있게 시작하던 하루는 사라졌다.

056

49세   독신주의자   결혼해서 . . .

아무리 서둘러도 달랑달랑하게 출근.
회의하며 눈뜨고도 졸기.
종일 병든 닭 모양 멍.

다 퇴근시키고 하루를 마무리하며 밀린 업무를 꼼꼼히 체크하며
밤늦게 퇴근하던 매일이 완전 사라졌다.

무조건 6시 땡하면 "먼저 퇴근합니다" 미안해하며 헐레벌떡
집으로 온다.

그때부터 정신없이 신속하게 밥하고, 밥 먹고, 설거지...
겨우 설거지 끝나고 화장실 가면 또 또 화장실에서 해야할 일이

쌓여있다.

와이셔츠를 빨며 아무 생각 없는 내 모습이 거울에 비친다.
갑자기 나도 모르게 닭똥 같은 눈물이 주루룩 흐른다.

"하나님, 49년 동안 고생 안 하고 놀았다고 49년 치 벌을
한꺼번에 다 주시는 거예요?"

"아니 손에 물 하나 안 묻히게 하고 업고 다닌다더니, 밥은 밥솥이,
빨래는 세탁기가 한다더니... 내가 이 집 하녀로 취직한 거야?"

화장실 문 열고 들어오던 남편이 깜짝 놀라며 당황해한다.

"오늘 사무실에서 무슨 일 있었어요?
어디 아파요? 왜 그래요?"

'무슨 일은 무슨 일! 인생이 고단해서 그렇지! 뭐하러 이 나이에
결혼은 해서 이 생고생을...'

갑자기 더 쏟아지는 눈물을 펑펑 흘리며 꼭 껴안아 주는
남편에게 안겨 더 실컷 울고 애꿏은 남편 가슴만 친다.

49세   독신주의자   결혼해서 . . .

그렇게 2년은 울었나 보다.

어, 근데
요즘은 잘 안 울고 있네.
나름 적응했나?

하여간 엄마는 극한 직업이다.
이 세상의 모든 엄마는 너무 위대하다.
엄마는 무조건 존경받아야 한다.

아, 오늘은 엄마가 더 보고 싶다.

아내와   엄마 되기

셋째의
다급한 목소리

날쌘돌이 넷째가 생일 맞은 친구 집에
혼자 갈 수 있다며 뛰어나갔단다.
유치원 버스로 늘 이동하며 본 친구 집이
엄청 가깝게 느껴졌나 보다.

주여!

그 친구 집 중간 지점에 학원 다니는 둘째를 배치하고,
셋째는 걸어서 경로 따라가고, 엄마는 차로 꼼꼼히 사방을 살피며
뱅뱅 돌면서 코스를 예상하며 007작전으로 좁혀가며 찾았다.

060

한참 후
조그만 6세 애가 빨리 걸어 가는 게 저 멀리 보인다.
창문 열고 고래고래 이름 부르며 아이를 태운다.

그 짧은 시간 애간장이 다 녹았다.

061

오늘은 현충일

셋째와 넷째랑 할아버지와 할머니가 계신 현충원에 갔다.

공휴일이라 오랜 시간 걸려 덕평휴게소에 들렀다.
맛있는 회오리 감자도 먹고 구경도 하고
사람 구경도 하고...

화장실 입구에서 만나기로 꼭꼭 약속하고
남녀 화장실로 들어갔다.
사람들이 너무 많았지만, 재빨리 나와서 입구에 서 있었다.
아무리 기다려도 넷째가 안 나온다.

갑자기 밀려오는 불안감...

화장실에 들어가는 아저씨에게 넷째 인상착의를 설명하고
찾아달라 부탁했다.
다른 아저씨에게도, 청소하시는 아줌마에게도.

아주머니께서 직접 들어와 찾으라신다.
아이고, 어떡하지?
가슴이 터질 듯해서 창피한 것도 모르고
온 화장실을 두드리며 찾았다.

게다가 내 핸드폰 배터리는 방전까지 됐다.
발을 동동이며 기도하고 있는데
셋째 핸드폰으로 아빠가 전화를 했다.
넷째가 미아보호소에 있다네.

앉혀놓고 엄마 아빠 핸드폰 번호를 암기시키길 참 잘했다.
날쌘돌이는 럭비공.

엄마도
엄마가 처음이야

나도 안 해 봤어.
다 처음 해 봐.
너희들도 안 해 본 거 처음하면 어때?
나 너무 힘들어.

눈물이 대롱대롱 맺혀서 힘들다고 솔직하게 하소연한다.

아이들은 이해한다는 듯 공감하며 역할을 분담한다.

무섭도록 역할에 충실한 셋째와 넷째.

49세   독신주의자   결혼해서 . . .

밥 먹고 식탁에 올려진 그릇들을
가위바위보로 정확히 개수를 나누어 냉장고에 자기 몫만 넣는다.
엄마 목소리가 커질 때야 자기 몫 치우러 오는 애도 있다.

그래도
참 착하고 예쁜 아이들이다.

평생 신혼

오직 앞만 보며 달려온 시간.
캐리어우먼
파이오니아
롤 모델 소리를 들으며
오로지 모든 경쟁에서 뒤지지 않으려 발버둥 쳐 온 시간.

원래 자존감도 높은데
있는 건 자존심뿐.
어떻게 오글오글 살지?

066

결혼 자체가 다 어색했다.

그런데 남편이 진지하게 해 준 말 때문에
내 인생의 패러다임이 바뀌었다.

"남들은 이미 20~30년 살아온 결혼 생활,
당신은 늦게 시작하니
남이 경험한 30년 인생을 더 누리며
우리 평생 신혼으로 살아요."

그때부터 용기 있게 "여보"도 하고
쑥스럽지만 "사랑해요"도 하고.

너무 닮은 얼굴과 성품과 스타일로
매일 토닥거리기도 하지만
우린 지금도 신혼.

평생 신혼이다.

월요일은
우리 둘이 데이트하는 날

우여곡절 끝에 원주에서 2년의 사역을 하고
결국, 목숨처럼 사랑하던 CEF를 사임했다.

옆에서 남편이 참 많이 힘써 준다.
일만 하던 사람 우울증이라도 걸릴까 봐
월요일마다 다양한 세미나에 데리고 다닌다.

한 우물만 팠던 필자에게 많은 것을 보고 느끼게 해주었다.

남편의 긍정적인 에너지는 늘 필자를 부끄럽게 했다.

세미나를 다녀올 때마다 강사와 내용과 분위기에 대해
불만을 말하면
늘 좋은 곳에서도, 나쁜 곳에서도
배울 것을 하나라도 찾아내어 감동을 준다.

맛있는 것도 먹고
드라이브도 하고
좋은 강의도 듣고

신랑 잘 만났네.

아내와   엄마 되기

장 보 기

혼자 장을 보는 건 진짜 어렵다.
몇 개만 사도 무거워서 카트가 옆으로 밀려간다.
게다가 주차하고 혼자 원더우먼이 되는 것도 버겁다.

막내 둘을 데리고 마트를 가면 큰 도움이 된다.
가면서 늘 데드라인을 준다.

그래도 셋째는 여자애다.
엄마 이것 사면 안 돼요?
엄마 플리이즈!

49세   독신주의자   결혼해서 . . .

넷째는
너 이거 사라.
갖고 싶은 거 없어?
필요한 거는?

괜찮아요.

어떻게 이렇게 다르지?
한 애는 설득하고 한 애는 절제시켜서
공평하게 산다.

시식 코너마다 손 내미는 게 처음엔 너무 창피했는데
이제는 내가 찍어서 먹으라고 준다
아이들의 가장 큰 재미를 빼앗을 순 없지.^^

남자애라고 넷째는 그 무거운 짐을 기어이 든다.
뿌듯 뿌듯
진짜 고맙다.

세 차

세차장도 아이들과 같이 갈 때가 많다.

주유하고 세차 할인권을 들고 자동세차기로 들어가면
셋째와 넷째는 무슨 놀이동산 온 것처럼 재밌어한다.

버블이 발사되면 흥미는 극적으로 고조된다.

재잘재잘
이것도 애들에게는 놀이동산이다.

세차 후 500원 넣고 실내 세차를 재빨리 하고
우리는 다 양손에 물티슈를 잡는다.
뒷좌석은 아이들이 타니 아이들 구역이다.

072

정해진 자기 구역이라고 재밌게 잘도 닦는다.
혼자서 하면 시간도 마음도 힘들텐데...

깨끗 깨끗 세차하고
뿌듯 뿌듯 노래 부르며 집에 온다.

아내와   엄마 되기

학습지도

아이들이 커가니 과제 봐줄 시간도 없고
실력도 딸린다.

학습도 역할을 정한다.
기본은 자기 공부는 자기가 알아서 하기.
모르면 선생님께 여쭙기.

49세   독신주의자   결혼해서 . . .

시험 때는 전공대로 배치해 준다.
영어는 영어 학원하는 첫째.
수학, 과학은 이과 전공 둘째.
사회는 중학생 셋째.
성경은 아빠.
국어는 엄마.

선생님이 다 있어도
우리 넷째는 물어보질 않는다.

너무 알아서 혼자 다 하나 보다.

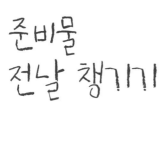

준비물
전날 챙기기

49세   독신주의자   결혼해서 . . .

엄마는 평생 해온 대로
무조건 전날 밤에 다음 날 입을 옷을 챙겨놓고
준비물은 신발장 앞에 갖다 놓는다.

모두 다 그렇게 하는 줄 알았다.

아무리 말해도 그게 그렇게 어렵나?
나가기 직전에 분주하게
챙기는 모습이 참 어렵다.
답답하고.

그래도
하나도 안 불편한가 보다.

운동화 빨기

지퍼백을 준비하고 신발 안쪽에 세제를 붓고
미지근한 물을 넣고 흔들어서
30분 경과 후 헹구라고 시킨다.

지켜보면 그런대로 잘한다.
문제는 세제를 너무 많이 넣어 온종일 헹구고 있다.
탈수기에 건조한 후 철사 옷걸이를 꺾어
신발을 걸어서 말린다.

다음 방법
신발 안쪽과 바닥을 칫솔로 깨끗이 흙을 털고 씻은 후
세제를 신발 안에 조금 넣고 세탁망에 넣은 후 세탁기에 넣는다.
탈수까지 바로 다 되니 이게 좀 더 편한 모양이다.

49세   독신주의자   결혼해서 . . .

그다음 방법
너무 더럽지 않다면 사다 놓은 최고 싼 치약을
못 쓰는 칫솔에 물과 함께 조금 묻혀
흰색 고무 부분을 닦는다.
새 신처럼 하얗게 된다.

엄마가 시범을 보이고
자기 신발 자기가 닦는다

나이 많은 엄마니
자립하도록 부지런히 가르쳐야지.

아내와   엄마 되기

옷 나눠주기

아이들이 쑥쑥 잘도 큰다.
일일이 옷을 사 입기는 너무 버겁다.

엄마도 늘 언니랑 주변 지인으로부터
90% 이상을 공급받는다.

내가 사 입을 수 없는 고가의 옷들을
얻어 입으니 늘 좋은 것만 입게 된다.

우리 아이들도
부지런히 여러분들이 주신다.

한해 입는 옷도 많고
아예 얻어서 한 번도 안 입는 옷도 있다.

49세   독신주의자   결혼해서 . . .

내가 안 입는 옷
옷장 속에 쌓아두지 말고 부지런히
또 다른 동생들에게 나눠주라고
침이 마르도록 말한다.

분명하다.
나눠주면 또 들어온다.

나도 받았을 때 기분 좋았던 기억으로
나도 남에게 줄 때 좋은 것만, 깨끗한 것만
자존심 안 상하게
예쁘게 해서 주라고 한다.

081

자리 지정석

아빠 운전석 옆자리는 무조건 엄마 자리야!

덩치가 커가니 뒤에서 비좁다고 서로 밀치고 난리다.

큰 차로 바꿔요.

네가 시집가는 게 더 빠르겠다.
네가 능력 있으면 차 사서 몰고 다녀라.

유지비가 장난 아닌데.

그래도 앞자리는 고정석.
엄마가 운전하면 아빠 자리.
아빠가 운전하면 엄마 자리.

엄마나 아빠가 안 계시면 갈 때는 네가,
올 때는 내가.
자리에 철저하다.

1년 계획

엄마랑 아이들은 송구영신 예배 때 받아온 달력에
음력, 양력을 찾으며 가족, 친지들 생일과 기념일을
직접 표시한다.
가족들이 다 볼 수 있는 거실 벽에 달력을 걸어놓고
한 달 내내 생일을 확인한다.
평생 감동, 감격을 강의해 온 생활 습관이다.

다른 사람을 기억하고 축복해 주는 작은 성의는
너무 큰 감동을 선물하게 된다.
매번 새로운 아이디어로 서로에게 감동 거리를 만든다.

엄마 아빠는 좋겠다.
우리 같은 딸×3 아들이 있어서...
(결혼기념일 때 케이크 토퍼 문구)

돈 꽃다발-오만원권, 만 원권으로
꽃을 두르고 있는 지폐 꽃다발.
받을 때 완전 감동, 와! 이런 것도 받아 보는구나!

오천만 원 –
오만원권 1개, 천원 1개, 만 원권 1개가 오천만 원이 되네.

아빠 생신 때 롤링 페이퍼 가족 카드를 만들었다.
사진과 감동적인 땡큐카드가 일 년 내내 책상에 꽂혀있다.

결혼기념일-매년 최고 신랑이 보내주는 꽃다발
이 세상에 하나뿐인 아내에게
세상에서 가장 예쁜 아내에게.

반전, 케이크 토퍼 문구를 당기니 1m 정도
끊임없이 나오는 줄줄이 돈
센스쟁이 딸 때문에 완전 호강 감격.

이것도 할머니 갖다 드릴 거죠?

지금까지 당연히 무조건 부모님께 다 갖다 드리던 습관이 있다.
결혼해서도 시부모님께 습관적으로 당연히 반을 갖다 드렸다.

아이들이 유심히 본 모양이다.

엄마, 이것도 할머니 갖다 드릴 거죠?
어느 날 넷째가 말한다.

옳지, 이때다. 교육해야지!

그럼, 너도 나중에 무조건 반 땡이다.
물론이죠.

086

그리고 용돈도 줘야 해.
지금은 너희들이 돈을 안 버니까 엄마 아빠가 용돈도 주고
옷도 사주고 맛있는 것도 주지?
나중에 엄마 아빠가 나이가 들면 너희들이 용돈도 주고
맛있는 것도 갖고 와야 해.

당연하죠.
걱정 마세요.

일석사조다. 4명이니까. ^^

아내와　엄마 되기

마늘 빻기

지인이 좋은 마늘을 잔뜩 주셨다.
여러 몫으로 나눠도 많다.
나도 바쁘고 힘들고...

두 아이가 도와주겠단다. 만반의 준비를 한다.
신문지를 먼저 깔고 마늘 까는 작업, 빻는 작업,
지퍼백에 넣는 작업, 자를 대어 네모지게 자국 내는 작업을 해서
냉동실 넣는다.
친정엄마가 하던 거 본건 있어서 해 본다.

과일 믹서기뿐이라 플라스틱 절구통에 비닐 씌우고
재밌는지 서로 다퉈가며 찧는다.

088

49세   독신주의자   결혼해서 . . .

두 통 찧더니 온몸을 비틀어 댄다.

격려와 재미로 으샤으샤 하는 동안
온 집안 바닥이 난장판이 되었지만
마늘님 냉동실로 잘 모셔 넣으며 엄청 뿌듯해한다.

반찬 때마다 잘라 넣는 마늘을 보며 아이들의 어깨가 으쓱한다.

덕분에 자기들이 빻은 거라고 마늘도 잘 먹는다

089

선 물

가장 기분 좋은 일 중의 하나는 선물을 주고받을 때일 것이다.

선물의 크고 적음과 상관없이 정성껏 상대방을 기억하고 살피며
사랑을 표현하는 선물은 사람을 행복하게 하며
그 가치를 올려준다.

또한
감격하며 선물을 받고 감사하며 표현할 때
서로에게 더 큰 감동과 기쁨이 있는 것 같다.

090

10년이고 20년이고 생일 뿐 아니라 축하할 일이 있으면
바로 축하하고
축하나 선물을 받았으면
반드시 정성 어린 감사를 표현해야 한다는 것이
나의 작은 철학이다.

똑같은 멘트에서 별 진전이 없는 감사카드를 쓰는 넷째.
그래도 제법 감동 어린 글과 그림을 표현할 수 있는
셋째가 고맙다.

아이들도 하도 강조하는 터라
때마다 당연히 선물을 챙겨야 하는 것을 인지한다.

미진 레시피

친정엄마의 부드럽고 매끈한 피부 덕에
좋은 피부를 갖고 태어났다.

우리 가족 셋은 피부가 약간 거친 듯.

짜잔
미진 레시피 하고 잤어요!

거친 손바닥과 발바닥에 바셀린 잔뜩 바르고
일회용 장갑과 헌 양말 신고 푹 자기.

아침에 짜잔
보들보들 아기 손발 탄생.

둘째 딸의 인증샷.

092

49세   독신주의자   결혼해서 . . .

걱정하지 말고
얼른 가서 주무세요

우리 집 온 식구는 일 년에 4번 있는 특별새벽부흥회와
매주 토요일 새벽예배는 무조건 참석한다.

3일째쯤 되면 아이들이 일찍 잠자리에 든다.
피곤해도 학교 가서 졸지 않고 견디는 것과
깨울 때 발딱 일어나 가는 게 참 대견하고 고맙다.

엄마 아빠는 20년 이상 매일의 야근과 합숙으로
야행성으로 습관이 되어버린 탓에 새벽에 체력이 많이 달린다.

새벽기도를 다녀오고 아이들 아침 식사를 차려주면
내 온몸이 비실거리고 하염없이 눈이 감긴다.

엄마는 너무 졸려서 같이 식탁에 앉아 있기가 힘들어.

이해해요. 걱정하지 말고 얼른 가서 주무세요.
알아서 먹고 갈게요.

너희가 엄마 같다야.

자주 새벽 제단을 쌓아보는 자기들의 경험으로
피곤함을 이해하고 격려해 준다.

그래도 꼭 뽀뽀하고 인사해 주고 서로 축복을 나누고
학교 가는 우리 아이들이 넘넘 고맙다.

엄마 차가 울컥울컥

엄마 차가 너무 오래되고 작으니까
내가 좋은 차 사줄게.

나는 집 사줄게요.

나는 냉장고.

야, 집이랑 냉장고랑 차랑 가격 차이가 얼만데?
억 단위고 백 단위야.

49세   독신주의자   결혼해서 . . .

그럼 가전제품 다 사줄게요.

너는?
저는 가구 다요.

애들 많으니까 진짜 좋다.
노후준비 끝.

책임 할당

첫째는 셋째,
둘째는 넷째 대학교 학비 다 부담하는 거야.

그런 게 어딨어?

원래 그런 거야.

엄마도 언니, 오빠들이 다 학비 대 줘서 공부했어.

098

49세   독신주의자   결혼해서 . . .

외삼촌은 자기가 대학원생일 때 자기 학비는 장학금으로 하고
용돈이랑 작업비랑 엄마 학비를 아르바이트해서 다 댔어.

원래 그렇게 하는 거야.
5~6번 세뇌에 이제는 그래야 한다는 것을
인지하는 듯하다.

하와이 비전트립

하와이 영주권을 가지신 귀한 부부의 특별 배려로
이루어진 일이다. 그래도 일 인당 백만 원이 필요하다.

하와이 가고 싶지?
네.
일 년 동안 백만 원을 모으면 데려가고
못 모으면 못 가는 거야.

아이들에게 한 번도 보지 못한 세상을
귀로 듣지도 못했고 상상조차 못 했던 하나님의 꿈을
보여주고 싶었다.
글로벌 리더로 키우고 싶었다.

하와이 백만 원 프로젝트가 시작됐다.
막내 둘이서 열심히 회의를 마치고 왔다.

100

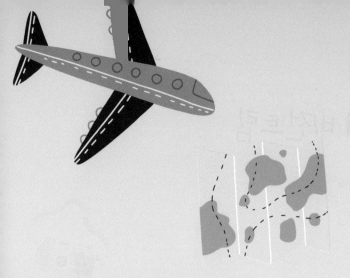

설거지 300원, 구두 닦으면 200원, 청소기 돌리면 500원,
물걸레질하면 1000원, 시험 백 점에 5000원...

귀여워!
엄마가 최종 절충 금액을 제시한다.

세뱃돈. 친척 방문 용돈이 포함되니
일 년 동안 백만 원이 기적적으로 모여졌다.
셋째는 십만 원 모자라서 빌려줬다

하와이 이후도 우리는 계속 용돈 모으기 프로젝트를 진행 중이다.
다음 해는 대만을 2박 3일 자유여행 다녀왔다.

통장 누계를 계속 확인해 가며 우리 프로젝트는 계속된다.

손톱 물어뜯기

넷째는 자꾸 손톱을 물어뜯는다.
불안한 마음, 정서적 혼돈의 시간이 지나며
계속 손톱으로 가는 것 같다.

손톱을 하도 물어뜯어서 손가락 끝이 뭉뚝하다.

넷째, 네 손톱 깎아보는 게 소원이야!

손톱이 그렇게도 맛있어?

손톱 밑에 붙어있는 세균 덩어리가 온통 네 입으로
뱃속으로 들어가 아프게 돼.

102

매일 손톱 검사.
네 이놈, 손톱 못 먹게
매니큐어 칠해 줄 거야.

티격태격 잔소리가 5년이나 걸렸다.

건강한 손톱이 깎을 때마다 얼마나 튀기는지...
그래도 서로 감격한다.

103

학원 다니기 싫으면
언제든지 말해

엄마는 공부하라는 소리를 거의 안 한다.

시험 때는 그래도 양심껏 공부 좀 하란 소리는 한다.
늘 학교서 다했단다. 숙제도 시험공부도.

학원도 겨우 한 개 보내주고는 큰 소리 뻥뻥.
다니기 싫으면 언제든지 말해.
바로 끊어줄게.

꼭 하고 싶은 건 진지하게 의논하지만

49세   독신주의자   결혼해서 . . .

하기 싫은데 억지로 가는 곳에
돈 투자할 마음이 없다.

그런데 오히려 더 열심히 한다.

언니 영어학원 다니는데 자기는 외국 안가도
외국서 공부한 사람보다
더 잘할 수 있다나...

학원 동영상 보면 잘하기는 한다.
그런데 다른 사람들 앞에서는 입도 뻥긋 안 하는 어떤 애도 있다.

방 3개

우리 집엔 아주 큰 방 하나
작은 방 두 개가 있다.
전체 확장형이라 거실과 안방이 엄청 크다.

첫째 딸, 둘째 딸은 이층 침대.
셋째 딸, 막내아들은 이층 침대.

일 년이 지나니 어리지만
남녀가 함께 사용하는 게 엄마 보기에는 교육상 안 좋아 보인다.

인터넷서 최고 싼 텐트를 구매했다.
침대 매트리스를 깔고 텐트를 씌웠다.

삼면 책장으로 둘러싼 거실에
쇼파를 정 가운데 놓고 뒷 부분에 텐트가 설치되니
완전 아늑한 새 공간 마련.

막내는 환호성.
누나들은 자기들이 그곳을 사용케 해달라고 아우성.
막내는 기분이 업 되었다.
자기 방을 엄청 사수한다.

5년을 사용하다 이번 생일에
본인이 선택한 침대를 그 자리에 놓았다.
이것도 대 만족.

층간 소음

9시 전, 9시 이후는 안 돼!

세탁기도, 청소기도 안 돼!
살금살금 뒤꿈치 들고.

엄만 아파트가 좋아.
아파트에서 살고 싶어.
소음 내면 주택으로 이사 가야 해.

축구선수가 꿈인 막내는 참 어려운가 보다.
두 남자는 고무공으로 잘도 축구하고
딸들은 늦게 귀가해서 "쿵쿵" 소리를 낸다.
마음 졸이는 사람은 엄마뿐.

108

글쎄 오늘 뉴스에 보니까 층간 소음으로
큰 싸움이 났대.
어머나, 오늘 뉴스에 층간 소음으로 살인이 일어났대.

엘리베이터에 붙어있는 소음 질서 포스터를 사진 찍어
슬그머니 가족 톡에 올려놓는다.

자꾸자꾸 엄마 목소리가 커진다.
그래도 몇 년 지나니 조금 조심은 하지만...

아빠, 놀아주세요

아무래도 막내는 남자다보니
누나랑 노는 게 다르다.
혼자 놀다 놀다 지치면 엄마 아빠를 찾는다.

엄마, 놀아주세요.
어, 엄마가 지금 너무 바빠 나중에...

아빠, 놀아주세요.
어, 그래. 가자 놀자.

49세   독신주의자   결혼해서 . . .

아무리 바빠도 아빠는 일을 멈추고 잠시라도
신나게 놀아주러 나간다.
매일 시간이 모자라 잠자는 시간도 줄이는 사람이
참 대단하다.

그래서 기념일마다 아들이 주는 카드에
아빠는 자기랑 놀아줘서 고맙고
엄마는 맛있는 거 주셔서 고맙다는 말이
꼭 들어가는 모양이다.

너, 엄마 무시하니?

원래도 급한 성격
서울 생활 30년에 아주 날아다니던 나.

우리 애들은 한 명 빼놓고 다 느릿느릿 너무 여유롭다.
세상 급한 게 없다.

양치질하세요!
샤워하세요!
뒷정리하세요!~

네, 엄마. 네, 엄마.
생글생글 명쾌하게 대답을 잘한다.

한참 일하다 가보면
아직도 그 자세 그대로다.

5번 이상 말하다 보면 이제 자제가 안 된다.
소리가 커지니 신랑이 애들을 촉구한다.

112

49세   독신주의자   결혼해서 . . .

5번이나 말해도 네, 네만 하던 애들이 아빠 한 마디에
다 가서 씻는다.

"제발 조용히 좀 해. 당신 때문에 온 집안이 시끄러워."

기가 막혀 기가 막혀
내가? 나 때문에?

서럽고 억울하고
얼른 가서 아이들을 붙잡고 쏟아 낸다.

너, 엄마가 우습니?
네가 왜 엄마를 무시해?
아빠 말은 한 번 만에 듣고 엄마 말은 왜 안 들어?

나 혼자 이 집에서 이상한 사람이다.

명색이 어린이 전문가인데
강의하면서 절대 하면 안 된다고 강조하는 말과 태도가
내 자녀에게는 그대로 여과 없이 쏟아진다.
아...

대만 자유여행

첫째가 자기 휴가 때 엄마 경비 다 댈 테니 대만여행을 가잔다.
아빠는 교회 사역 바쁘시고 둘째는 시험 기간.

셋째 경비는 조금 꿔주고, 넷째는 전액 다 자부담.
숙소며 식당이며 이미 다 검색하고 예약까지 해 두었다.
요즘 애들 참 똑똑해...

최소 경비로 움직이는 거라 기차 타고 택시 타고
내비게이션 켜서 걷고 또 걷고 그야말로 자유여행.
엄마는 영어는 안 되는데 한자가 조금 아이들보다 익숙하니
여기선 통하네.
조금 아는 것을 엄청나게
잘 아는 것처럼 부추겨 주니 나쁘진 않네.

49세   독신주의자   결혼해서 . . .

숙소가 코딱지만 해서 영 불편하지만
너무 많이 걸어서 다리가 흐느적거리기도 하지만
얼떨결에 허접하지만, 맛집 찐빵, 만두도 먹어보고
연어 맛집에선 뽕...
미리 알아간 맛집 투어랑 야시장 길거리 음식
갔던 길 뺑뺑 도느라 길을 다 외운 듯
넷이서 다니니 위험하지도 않고 세상 그렇게 좋을 수가 없다.

하루는 현지 여행사에 예약해서 버스 타고 외곽으로 나가
풍등 날리기.
같이 하지 못한 가족을 그리며
우리의 뜨거운 가족애를 과시했다.

서로 챙기고 사랑하는 우리 가족 파이팅!

엄마 경비는 첫째가 다 부담했는데 결산해보니
엄마가 돈 제일 많이 썼네...

115

메모 성경

설교를 들으면서, 준비하면서 늘 메모하는 습관이 있다.

엄마가 되니 자녀에 대한 욕심이 생긴다.
나만 보고 은혜받고 끝날 게 아니라
혹 목회자가 될 자녀가 있다면 물려줘야겠다는 감동이 온다.

큰 메모성경을 다시 구매했다.
아빠가 설교하는 내용을
엄마가 정리해서 꼼꼼히 메모한다.

엄마 아빠 주석을 보면서 잘 준비될 자녀를 기대하며...

49세　독신주의자　결혼해서 . . .

BIBLE

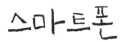

스마트폰

부모가 사준 스마트폰을 자녀가 악용하여
망가지는 많은 사례를 본다.

아이들과 강의도 듣고 대화도 나누고 책도 보고
서로 합의하에 2G폰을 구매했다.

남들이 다 Yes 해도 No 할 수 있는 용기를 가진 구별된 자녀로
세워지길 바라는 강한 마음이 있기 때문이다.

아이들이 잘 이해하고 잘 참아준다.
집에 TV도 없는데...

큰 누나가 강사로 있는 영어학원을 직원 자녀 할인으로
다니게 되니 온라인 때문에 스마트폰이 있어야 한단다.

게다가 셋째는 중학교 입학하면서 반장선거에도 불출마했단다.
반 단체 카톡에 참여할 수 없으니 임원을 할 수 없다는
소리를 한다.

아, 아... ㅠㅠ

감사하게도 아이디어를 주셨다.
아빠와 할아버지 공폰으로 집에서만 와이파이를 켜서
온라인과 카톡과 인터넷에 접속한다.

우선은 이렇게 넘어가지만, 제도적인 방법이 필요한데
혼자 감당키가 힘들다.

예쁘게 세팅

엄마는 오감의 만족을 중요하게 생각하다 보니
대충 세팅하는 게 별로다.

가족 수가 많다 보니
잘 안 되긴 한다.

그래도
예쁘게 예의 있게 세팅하자.
왼쪽 숟가락 오른쪽 젓가락 받침대 꼭.
왼쪽 밥 오른쪽 국그릇.
찌개나 샐러드는 앞접시.

120

아빠는 그릇 많이 사용해서 설거짓거리가 많다지만,
식구가 많은 거지.

짧은 시간 준비하고 세팅해서 쉽지는 않지만
그래도 우아하게 정갈하게 하면 기분도 좋고 밥맛도 더 좋다.

보기 좋은 떡이 먹기도 좋다.

엄마는 생색쟁이

원래 요리를 해 보지도 않았고
하는 걸 별로 좋아하지도 않았지만
무조건해야 하는 입장이 되고 보니
그냥 한다.

네이버 언니가 참 좋고
잘하는 분들에게 이젠 물어보기도 하고

옛날에 엄마가 해준 음식 맛 기억하며 만들어보면
그래도 되는 게 좀 있다.
참 신기하다.

122

49세   독신주의자   결혼해서 . . .

맛있지? 진짜 맛있지?
엄마는 음식을 너무 잘하는 것 같아!
진짜 맛있다며 엄지 척하는
사랑하는 가족들도 한 그릇 뚝딱.

생각해 보면
엄마가 안 해서 그렇지
요리에도 재능이 있는 건 아닐까?

아이들은 연신 무조건 엄마 편이 되어 준다.
그래야 또 얻어먹겠지.

긍정의 힘이 크긴 하다.
잘한다고 하니깐 진짜 더 잘해진다.

123

♥

헌금은 새 돈으로

하나님께 드리는 헌금은 새것으로 준비한다.
옛날 선배들은 다림질까지 했는데...

봉투에 깨끗한 돈을 따로 모아둔다.
천 원짜리, 오천 원짜리, 만 원짜리.

십의 일은 하나님께
십의 일은 선교에
십의 일은 구제에
십의 일은 시댁에
십의 일은 친정에.

124

청년 때 받은 교육 덕에 지금까지 실천하는 동안
표현할 수 없는 기적을 많이 체험했다.
결혼 후에는 이만큼은 다 못하지만...

십일조는 축복의 통로인 것을 내 사는 동안 늘 경험한다.

우리 아이들도 분명하게
십일조와 주정헌금 특별헌금들을 드린다.

평생 그 나라 갈 때까지
재정에 정직한 아이들이 되길...

생활의 지혜

캔 음식은 따면 반드시 일반 통에 옮겨야 해.

참치 캔은 퓨란 암 발생 물질이 생성되기 때문에
끓여 먹는 것 외에 바로 먹는 참치 캔은
5분 후 섭취해야 해.
휘발성이라 5분 후면 다 날아가거든.

햄도 캔에서 빼서 끓는 물에 잘라 넣어
붙어있는 기름기를 제거하고 먹어야 해.

49세   독신주의자   결혼해서 . . .

요리는 못하지만 듣고 보는 건 열심히 해서
기본 상식은 많다.

그래도 작은 상식 덕에
아이들은 잘 믿어 준다.

만능 티슈 만들기

물티슈
베이킹소다
식초
세제를 갖다 놓고
뭐든지 닦을 수 있는 만능 물티슈를 만들어 본다.

막내가 비서가 되어 직접 부어준다.
얼마 후 완성된 티슈로
오래되어 눌러진 때 위에 만능티슈를 십 분간
올려놓는다.

49세   독신주의자   결혼해서 . . .

식초 덕에 보글보글하다가
깨끗이 지워진다.

우리가 큰일을 해낸 듯 환호성과 다른 가족들에게
자랑질을 해본다.

모든 때야, 물러서거라!

쌀 보관

1.8ℓ 플라스틱병을 깨끗이 씻고 또 씻는다.
완전히 말린 뒤 깔때기를 이용해 쌀을 부어 넣는다.

절대로 벌레가 생기지 않는다고 친정엄마가 가르쳐 준 대로
나도 하나하나 내 자식들에게 말해 준다.

보고 듣는 것이 이리도 중요해.
다 어제 일처럼 기억나고
나도 모르게 그대로 나도 하고 있다.

130

49세   독신주의자   결혼해서 . . .

아내와   엄마 되기

♥

절약,
마지막까지 끝까지

치약을 위에서 짜느냐 가운데서 짜느냐로
부부가 이혼한다는 얘기를 들은 적 있다.
진작 집게 하나 사줄걸.

조금 사용 후 무조건 위에서부터 집게를 꽂아 둔다.
치약도
핸드크림도
선크림도 다.

싸울 일이 없다.
마지막까지 누르고 가위질까지 해 버림.
마지막 끝까지 잘 사용할 수 있다.

132

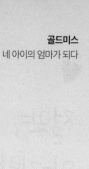

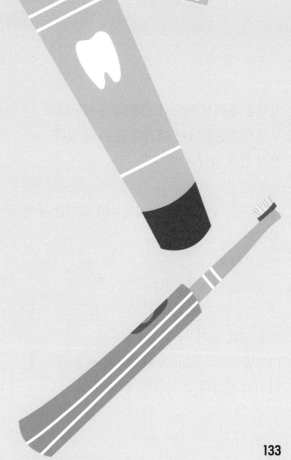

지그재그 차량 관리

여름철 차 안은 찜질방 수준이다.

하도 강조를 해서
앞쪽 뒤쪽 지그재그
10번을 헤아리며 열었다 닫았다.

49세   독신주의자   결혼해서 . . .

창문도 지그재그로 열고 환기하며 달린다.
기름도 절약
공기도 깔끔.

애들은 가르쳐 주는 대로 진짜 잘 기억한다.

그대로 한다.

아내와 엄마 되기

간편 아이디어

평생 혼자 잦은 합숙으로 익숙해진 삶
온통 간편 아이디어다.

와이셔츠 목 부분에 비누 액 묻혀 물에 담가 놓고
잠시 후 목 부분 집중 공략하면 깨끗 깨끗.

옷걸이에 건 뒤 10분 후쯤 물기만 빠지면
상하좌우 대각선으로 탁탁 몇 번 잡아당겨 주면 다림질 끝.

49세   독신주의자   결혼해서 . . .

모든 옷이 다 그렇다.

여행 때 가져간 새 옷은
전날 밤에 스프레이로 물을 뿌리거나 손으로 묻혀서
팍팍 당겨두면 감쪽같이 다림질한 것 같다.

옷도 펴지고 가습기 역할도 하고.

나 왜 이리 잘하지? ㅎㅎ

우리 집엔 막내도 교복에 스프레이를 잘한다.

2인분으로
6인분 만들기

할 줄도 모르면서
매일 끼니때만 되면 고민이다.

뭘 먹지?
모든 엄마가 다 그러겠지?

돈도 많이 들고
퇴근 후 바로 먹어야 해서 시간도 없다.

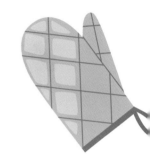

이럴 때
믿을 수 있는 먹거리 2인분 사 와서
각종 채소와 사리 넣고
양념 조금 더 넣으면 금세 6인분 짜잔!

양으로도 부자
질적으로도 업데이트된 느낌.

우와!
완전 짱!
원래 내 실력 같아 보인다. ㅋㅋ

♥ 엄마는 귀염둥이

오래간만에 오므라이스.

케첩으로 하트 그리고 각자의 이니셜 넣고
요플레 플라스틱 수저 꼽고 랩 씌워두고
엄마는 심방 출발.

엄마, 오므라이스 친구들에게 사진 찍어 보냈는데
친구들이 엄마 귀엽대요.

수저는 왜 꽂은 줄 알아?
그래야 하트랑 이름이 랩 씌워도
안 지워지잖아요. 그 정도는 다 알지.
센스쟁이!

셋째 칭찬받으며 나도 뿌듯.
역시!

49세   독신주의자   결혼해서 . . .

TAKE A PHOTO

아내와   엄마 되기

바나나

바나나는
사 와서 바로 바나나 끝부분에 포일을 싸고 매달아 두면
자기가 나무에 붙어있는 줄 알고 오래 싱싱하대.

시중에서 싸게 구입한 바나나 걸이도 참 좋다.

엄마 바나나가 새까맣게 상했어요.
버려야 될 것 같아요.

아니야. 바나나는 변하는 색깔마다
영양소가 다르대.

냉장고에 넣으면 안 돼요?
응, 바나나는 실온보관이야.

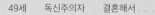
49세   독신주의자   결혼해서 . . .

너무 많거나 색이 변할 것 같이 애매하면
무조건 바나나 껍질을 벗겨서 반찬통에 넣어 보관하면 돼.
바나나에 칼집을 끝까지 넣고 잘라 포일에 싸서
냉동실에 넣어두면 바나나 아이스크림.

냉장고 반찬통에 들어간 바나나는
그냥 먹든지 우유만 부어 갈면 바나나 쥬스.

얇게 썰어 에어프라이어에 넣으면 바나나칩.

튀기면 바나나 튀김.

샐러드에 쏘옥 들어가면 음... 부드럽고 향긋한 식감!

전자레인지에 30~40초 돌린 후 1분 정도 프라이팬에서
더 익혀 먹으면 당도와 영양가가 최고로 극상.

남편은 바나나를 양쪽으로 잡고 안쪽에서 바깥으로 꺾으면서
딱 반이 잘리는 걸 가르쳐줬더니
묘기 보이는 듯이 흥분해서 다른 사람들에게 열심히 가르쳐 준다.

143

분리수거

엄마 이건 음식물 쓰레기예요?

동물이 먹을 수 있으면 음식쓰레기
못 먹으면 일반 쓰레기.

종이류는 야무지게 비닐을 다 뜯어내고 접고 밟아
최대한 납작하게 만든 다음 쏘옥.

비닐류는 음식물이 묻었거나 더러우면 일반 쓰레기.

49세   독신주의자   결혼해서 . . .

플라스틱이나 병은 반드시 용기 안을 깨끗이 씻어 말린 뒤 투척.

유리나 도자기 깨진 것은 신문지로 돌돌 많이 싸서 일반 쓰레기로.

일회용 스티로폼 용기는 깨끗이 씻어
일반 쓰레기로 쑝.

분리수거 배출은 아이들 담당.
갈 때마다 가위바위보에 얼굴도 붉혀가며 티격태격.

그러나 버리고 오면 언제 그랬냐는 듯
아주 서로가 기분이 좋다.

145

분배 법칙

가족이 많다 보니 엄마는 분배를 잘한다.

맛있는 거 가족 톡에 올리면
와, 맛있겠다. 빨리 가야지.
막내 빼놓고 댓글이 뜨드득 올라온다.
이 재미!

맛있는 반찬일수록 분배를 정확히 한다.
외지에 있어 토요일에 오는 누나 것까지.
냉장고나 냉동실에 보관한다.

어릴 때 슈퍼마켓 딸이어서 맘대로 뭐든지 먹던 엄마라
안 먹어도 엄마 것도 꼭 사서 분배한다.

어릴 때 부모님은 늘 안 먹어도 배부르다셨는데
그것도 훌륭한 교육이었다.
그런데 진짜 그럴 줄 알까 봐
이 엄마는 엄마도 맛있는 거 잘 먹을 수 있다는 것을 가르친다.

49세   독신주의자   결혼해서 . . .

버릇 고치기

49세   독신주의자   결혼해서 .

세탁기를 돌리려고 보면
정말 희한한 광경을 본다.

우리 집 한 명은 항상 한쪽 팔은 바르게
다른 한쪽은 거꾸로 벗어져 있다.
바지도, 양말도 그렇다.

엄마 혼자 잔소리하고
네네 대답은 잘하는데...

공식 선포를 한다.
오늘부터 벗어놓은 채로 세탁기 돌리고 그대로 준다.

어떤 애는 그 버릇 고치는 데 몇 년이 걸렸다.

길고 가늘게

갑상샘암이란다.
너무 작은 거라 안 해도 되지만
괜히 돌아다니다 전이되거나 커질 수 있다는 말에
겁 먹어서 수술을 했다.
크든 작든 수술은 수술이다.

평생 굵게 짧게 살아도 멋있겠다던 엄마가
수술대 앞에서 기도를 한다.

막내가 너무 어려요.
저 길고 가늘게
그리고 멋지게 살게 해주세요.

그해에 맹장까지 수술을 두 번이나 했다.

49세   독신주의자   결혼해서 . . .

아내와 엄마되기

예의 바른 자녀

49세   독신주의자   결혼해서 . . .

어른을 만나면 아는 사람이든 모르는 사람이든 무조건 인사해라.
큰 소리로 "안녕하세요?"
두 손 배꼽, 45~90도로, 미소와 함께, 진심으로.

특별히 교회에서
아파트 엘리베이터에서.

막내가 천 원을 받아왔다.
어떤 할머니가 인사 잘한다고 주셨단다

엄마가 의기양양 힘주어 강조한다.
거봐 인사하니 다들 좋아하시지.

간혹 어르신들이
우리 아이들이 "인사 잘한다. 많이 컸다. 이쁘다."
말씀해 주시면 기분이 참 좋다.

배려

다음 사람에게 피해가 안 가게
다음 사람이 불편함을 느끼거나 인상 찌푸리지 않게
다음 사람 입에서 화 섞인 말이 안 나오게

다음 사람이 처음 사용하는 듯 깨끗하게
다음 사람이 기분 좋게

항상 배려가 몸에 배기를 원하는 마음이 간절하다.

화장실, 부엌, 거실, 현관...
공동으로 사용하는 곳은 더더욱

남을 위할 줄 아는 마음은
나도, 남도 행복하게 해 준다.

154

아내와   엄마 되기

정직

좀 더 살아보니 보이는 게 있다.
뻔한 거짓말.

간혹 작은 아이들의 말싸움이 격해질 때가 있다.
스스로 해결하도록 하지만
중재가 필요할 때 한 명씩 얘기를 들어보면
그냥 다 보인다.

자기 주관에 의한 해석
자기에게 유익한 편견
분명 둘 중 하나는 거짓이 있고
하나는 억울하기도 한 것 같다.

156

49세   독신주의자   결혼해서 . . .

엄마가 다 해결해 주진 않는다.
누군가의 정직이 필요하니까.

생각할 시간을 주고
기다려주고
반성문을 쓰게 한다.

체벌이 필요할 때는 자신들이
고르게 한다.
무릎 꿇고 두 손 들기
엎드려 뻗치기
손바닥 매 맞기
대수도 본인이 정한다.
또 똑같은 일로 혼나게 될 때의
체벌까지도 미리 정한다.

157

형제 우애

너하고 나는 형제 되어서
사이좋게 지내자.
새끼손가락 고리 걸고 꼭꼭 약속해.

나이가 들수록 형제자매는 참 귀한 것 같다.
뭐든지 힘든 일, 어려운 일, 좋은 일을
마음껏 공유할 수 있는 막연한 사이인 것 같다.

적이 없고 누구와도
친할 수 있어야 한다.

49세   독신주의자   결혼해서 . . .

먼저 부부가
형제자매가
친구들과 이웃과.

서로가 양보하면
서로를 먼저 기억해주면 가능한 것 같다.

형제가 우애하면 가정에
평화가 넘친다.

스마일

엄마 아빠와 딸들은
카메라만 들이대면 무조건 웃는다.
그냥 누구랄 것도 없이
자연스럽다.

모든 사진에 미소가 만발하다.

막내둥이 아들은 엄청 인상파다.
잘 안 웃는다.
웃으면 너무너무 예쁜데...

가족이 찍을 때는 훈수 드는 사람들이 많아
그나마 잘 웃는데 나가서 자기들끼리 찍어온 사진은
영 민망하다.

49세   독신주의자   결혼해서 . . .

엄지 검지 네 개로 아들 찰칵, 아들 찰칵
연신 찍어댄다.
윗니 여덟 개, 아랫니 여덟 개
활짝 크게 목젖이 보이게.

금세 장난이 늘어진다.
온 이빨을 다 드러내고
온갖 개구쟁이 포즈를 다한다.

아들이 항상 잘 웃고 큰 목소리로
이야기했으면 좋겠다.
주변에 다 어른들만 있어 주눅 드나?

세상에서
제일 행복한
생일잔치

평생 가족의 기념일을 챙기고
주변 사람들의 생일을 챙기는 것이
중요하다고 생각한다.
자녀들에게도 강조했기 때문인가?

자녀들이 꼭 서로의 기념일을 챙기며
너무 기뻐해 준다.

해마다 느끼는 것은 이보다 더 멋진 이벤트는
없을 거라는 생각이다.

162

그런데도 어떻게 매년 더 업그레이드 된
아이디어가 쏟아져서
사람을 행복하게 해주는지!

온 정성을 다해 사랑을 표현하는
한 명 한 명 가족들이 참 자랑스럽다.

늘 남을 배려하고
다른 사람들을 행복하게 해주는 아이들이
되었으면 좋겠다.

가족에게 하는 것은
하나도 아깝지 않아!

3월 14일 화이트데이가 되었다.
이제 6학년이 된 넷째가 엄마, 아빠, 누나들에게
초콜릿을 전날부터 준비하여 주었다.

제법 비싼 것인데
게다가 5명분 사려면 한 달 용돈이
다 들었을 텐데.

164

49세   독신주의자   결혼해서 . . .

전날 셋째랑 같이 사러 갔었는데
너무 비싼 거 산다고 놀래며 걱정하니까
"가족에게 하는 것은 하나도 아깝지 않아"라고 했다는 것이다.

온 가족이 감격 감격
멋있는 동생, 멋있는 아들
와 자랑스러워!
우리의 감격에 찬 모습을 보며 본인도 엄청 뿌듯한 모양이다.

생각이 깊은 참 멋있는 아들이다.
다 컸네.

빨래 가사 분담

미국에선 유치원 때부터 세탁기 사용법을 가르친단다.
바로 우리 아이들 교육.

빨래하고 돌아서면 다시 빨래통이 차버리는 우리 집.

지인이 이민 가면서 주고 간 드럼 세탁기.
상품으로 받아 세금만 부담하고 가족 많은 우리 집에
넘어온 건조기.

49세   독신주의자   결혼해서

누구든지 세탁기 눌러놓고
그다음 일정에 있는 사람이 건조기에 넣고
또 그다음 사람이 꺼내고
자기 빨래는 자기가 개키기.

어떤 애는 자기 빨래 가져가지도 않고
매일 소파에서 양말 신는 애도 있다.

26살인데
무슨 결혼을?

농담으로 얘기들이 오갔는데
진짜가 돼버렸다.

자기들끼리 킥킥거리고 쑥덕쑥덕
무슨 장난인 것처럼 하더니
상견례 날짜가 잡혔다.

무슨 이런?

아빠는 일찍 결혼해서 4명의 자녀를 낳으라고
엄마는 실컷 청춘을 누리고 늦게 결혼하라고 늘 말했는데.
그래도 그렇지!
이제 학원 인수하고 1년도 안 됐는데

168

산더미 같은 해결해야 할 빚도 많은데

정말 아무 개념이 없다.

너무 서두르는 것이 수상해서 별 의심도 다 했지만
그래도 중심은 있는 애들이라 혹 염려하는 일은 없어 감사하다.

새 식구에 대해 아는 바가 하나도 없다.
이름 석 자와 부모님, 형님.

출신 학교도 모른다.
물어보니 엄마가 세속적이란다
자기도 그런 거 필요 없어서
안 물어봤단다.

참 내!
또 나만 세속적?

진짜 치사해서 정말.

나도 그런 거 하나도 안 중요해.
그러니까 나도 그 나이에, 그 조건에 결혼했지
이게 그냥 나를 뭐로 보고...

사실
첫째가 시집가는 게 진짜 싫었다.
나이는 어리지만, 배려심 적극성 사랑이 넘쳐서
늘 친구라 생각했는데

49세   독신주의자   결혼해서 . . .

엄마가 목사고, 사모고, 대표고
게다가 다 반대하는 결혼을 했으니
어디 가서 말할 데도 없고
유일하게 우리 가정의 속상한 일을 다 쏟아낼 수 있는
유일한 벗인데
시집을 가버리면…

섭리가 정말 놀라운 건
시집가고 나니 더 친해졌다.

역시 난 미진해.

결혼 준비

코로나 기간이라 49명, 99명 집합 얘기가 오가며
결혼을 준비한다.

하도 시청에 몇 주간이나 전화하니
시청 직원이 이름을 부르며 축하한다고 인사까지 전해줬다.

은혜로 딱 첫째 결혼 때 인원 제한이 두 주 풀렸다.

가까스로 맛과 주차장이 되는 식당 다섯 군데를 잡아 분산하여
손님들을 대접했다. 부모는 이것만 했다.
다 자기가 알아서 한 대나.

엄마는 궁금한 것도 많고
해주고 싶은 것도 많고
첫째라 같이 하고 싶은 것도 많은데
다 자기가 알아서 한단다.
잘났어!

49세   독신주의자   결혼해서 . . .

물론 같이할 시간도 서로가 없고
워낙 오지랖이 넓어 친구들이 하나씩 사주는 것만 해도
혼수를 다했다.
대단해!

알아서 다 하니 무척이나 고마우면서도
서운한 것도 많은데 바보 그것도 모르고...

그리고 나는 아직도 신혼인데...
아, 자기가 결혼하면 난 뭐야?
곧 할머니가 되면 어떡해?

학교 진학

초등학교서 중학교, 고등학교, 대학교 진학이 계속 관건이다.

본인의 의사가 첫째, 그다음 온 가족 의견이 중요하다.
만장일치로 의견이 모일 때까지 누군가는 눈물, 콧물 다 흘린다.

막내는 중학교 진학 시 누나 셋이 다 졸업한 학교를 우선했다.
경쟁률이 너무 치열하다고 다른 곳을 쓰라고 귀띔들 하신다.
우리는 믿는 하나님이 계시니 그런 걱정은 안 한다.
막내는 대만족하며 원하던 학교에 입학했다.

셋째 고등학교 진학은 의외의 결과.
멀어서 싫단다.
탓할 건수도 많다. 다 가족 때문, 아니 엄마 때문?

매사 최강 긍정 마인드가 돌변.
짧은 치마에 짙은 화장.
노는데 심취하셨다.

174

한 학기 몽땅 자유 영혼.

똑똑하고 달란트도 많고 성격도 최강, 미모도, 몸매도 미스코리아.
세상의 빛으로 진가를 발휘할 시간이 곧 오겠지.

둘째가 대학 갈 때 우리 집 기본 조건은 무조건 국립대.
가고 싶은 사립대를 내려놓고 국립대로 전향하며
큰 풍랑이 일었다.
둘째는 4년 내내 힘들어했지만
우리 집 지출이 많은데 어쩌겠어?

졸업 후 알바로 시작해서 직업이 돼버린 강사가 너무 좋단다.
행복이 얼굴에서 피어나니 왕 감사.

175

감사노트

하루에 3가지씩 감사를 기록하고
저녁 10시에 가족들이 나눔을 가진다.

막내는 매일 똑같다.
1번 학교에서 잘 한 거 감사.
2번 점심 급식 맛있는 거 먹어 감사.
3번 저녁 맛있는 거 먹어 감사.
아빠가 식사 메뉴라도 적어보라 한다.

그래도 감사 거리를 찾아 감사하는 모습이 다 모두 정말 감사하다.
내가 잘해서가 아니라 하나님을 인정하는 모습이 감동이다.

한 명이 발표하면 박수와 여흥 구로 흥을 돋우어 준다.
웃느라 진행이 안 될 때도 있다.

49세   독신주의자   결혼해서 . . .

발표하면서 기록하는 아이.
아예 발표해놓고 나중에 기록하는지 모르겠는 아이.

엄마는 한 줄 감사, 한 줄은 그 감사의 기도 제목.
3개씩을 하루도 안 빠지고 다했는데
나중에 누가 줄지 모르지만 상 받아야 겠다.

화려한 가정 모임시간도 필요하겠지만
매일 짧게는 5분, 길게는 20분이지만
부모는 자녀의 하루를
자녀도 부모의 하루를 보면서
격려하고 지지하고 축복하니
참 감사한 일이다.

177

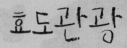

효도관광

남편이랑 단둘이 1년에 한 번 안식주간을 정해서
선교지에 강의하러 가기도 하고
해외여행의 시간을 가지기도 한다.

작년에는 선교지의 간곡한 요청으로
미리 비행기, 숙소까지 다 예약했는데
코로나가 시작되면서 가지도 못하고 오히려 그 돈이
다 공중분해 됐다.

한 번도 제주도를 가본 적이 없으시다는 부모님을 모시고
올해는 겸사겸사 안식주간에 팔순 기념 여행의 시간을 가졌다.

아이고, 나는 안 간다. 너희 둘만 다녀와라.
절대로 믿으면 안 되는 말이다.

나는 사진 안 찍는다. 너희만 찍어라.
우리 넷 중 어머니가 제일 사진을 많이 찍으셨다.
매일 사진 잘 나오게 다른 의상을 갖춰 입고 오신다. ㅎㅎ

서로가 너무 행복한 시간.
처음으로 가져보는 부모님과의 여행.
렌터카를 타고 예쁜 곳과 맛있는 곳을 돌아다닌다.
제주도가 너무 예쁘고
사람들이 너무 예쁘다.

손주들이 보내준 용돈으로 맛있는 거 사 먹고
인증샷 식당이랑 음식들 보내고.

나중에 아이들이 우리 효도 관광시켜준단다.
앗싸!

자가격리

엥?
내가 자가격리?
확진자와 밀 접촉자?
2m가 안되는 거리에서 있었다고? ㅠㅠ

큰 사역을 앞두고 있는데 2주간 격리되면 큰일인데...
앞이 캄캄.

죄인 취급 받으며 헐레벌떡 운전해서 복귀 중.

아, 자가격리를 어디서 해야 하나?
아직 장소를 정하지 못했다고 1시간을 기다려 달라하고
여기저기 전화를 해본다.

순간 머리를 스쳐 가는 생각들.
집에서 하게 되면 우리 온 가족이 행동에 제약을 받고
교회에도, 학원에도 불필요한 오해가 생길 수도 있는데...

49세   독신주의자   결혼해서 . . .

시부모님이 우리 집 와 계시면 방도 없고 TV도 없고
너무 불편하실 텐데...
원룸을 빌려 가면 햇빛도 없이 감옥 같을 텐데...

내가 길거리에 나앉게 됐을 때 환영해 줄 사람이 있을까?
길거리에 나앉은 사람을 나는 환영해 줄 수 있을까?
한 달 전 우리 제자반 팀들과 나눈 주제인데 현실이 돼 버렸다.

오직 은혜, 은혜로
수넴여인의 손길을 만났다.
기꺼이 집을 내주고
음식을 공궤해 주고
게다가 냉장고도 사서 들여놔 주시고
내 집보다 더 편하게 해주셨다.

하나님이 나에게 주신
10일간의 환상적인 특별휴가
내 인생 최고의 안식 시간
내 평생 이런 호강을 다 경험하다니...

역시 우리 하나님 감사감사.

자가격리 생활지원금으로
반은 집 주인에게 작은 성의를
반은 선풍기를 안고 사는 신랑을 위해 에어컨을 사 줬다.

역전의 하나님이
천국을 경험케 하셨다.

182

49세   독신주의자   결혼해서 . . .

아내와　엄마 되기

가족 단체 톡

가족 톡 방에 첫째가 옛날 사진을 하나 올린다.
갑자기 아빠가, 둘째가, 셋째가 줄줄이 사진을 올린다.
엄마도 질 수 없지
금세 10분을 까륵 까륵 댓글 잔치다.

이모티콘이 날아다니고
서로 예쁘다고 찬사와 칭찬이 자자하다.

학원에 지각하는 아이도

49세   독신주의자   결혼해서 . . .

숙제 안 해 온 애도 숙제하라고
가족 톡에 다 올린다.

우리 집은 뭐든지 다 공개한다.

온 가족이 열심히 댓글을 달며 그렇게
카톡 카톡 울려도 한 명만 묵묵부답.
옆에서 찔러대면 씨 이익 웃어주거나
'넵' 답한다.

185

♥

완전 쿨한 가족

엄마 이거 책 내려고 하는데 어때? 괜찮겠어?
너희가 싫으면 안 내도 돼.

몇 년 전 조금 쓴 원고들을 아이들과 남편에게 보여줬다.

혹시 아이들이 불편하지 않을까?
친구들이 엄마가 새엄마라는 걸 모를 수 있는데...
남편도 굳이 사역하는데 불편할 수도 있는데...

괜찮아요.
재미있어. ㅋㅋ
우리 엄마 귀여웡!
제목을 '재미찌롱'으로 해요.

그때 우리 가족은 마카롱에 감동받고 있었다.
마카롱, 맛있찌롱, 재미찌롱, 롱롱. ㅋㅋ

대답 없는 막내는 씩 웃음으로 오케이 사인을 준다.

186

이 땅의 엄마들과
청춘 남녀들에게 바람

이제 결혼 8년 차.

결혼이 결코 쉬운 것은 분명히 아니다.

괜히 결혼해서 이 나이에 이 고생 후회하다가

진짜 결혼하기 잘했어. 결혼 안 했으면 어쩔 뻔했어.

수많은 생각이 핑퐁 거리지만.

그러나 결론적으로 사랑하는 모든 분이 꼭 결혼하기를 축복한다.

결혼을 통해 하나님의 창조질서, 하나님의 섭리가

더 쉽게, 더 깊이,

188

부부를 통하여, 자녀를 통하여

하나님과 더 깊은 사랑에 빠지게 되는 것을 깨달아간다.

하나님의 창조목적에 순종하기를 남녀 청춘에게 간절히 바란다.

또 이 땅의 위대한 엄마들!

여자는 인생이 없고

엄마에게 요구되는 것은 오직 희생뿐이고

해도 해도 이름도 빛도 없이 밑 빠진 독에 물 붓 듯한 노동.

그러나 하나님이 기억하시고 자녀가 나의 상급이 된다.

지치지 말자. 힘내자. 즐기자.

끝까지 완주하여 착하고 충성된 종이라 칭찬받자.

"보라 자식들은 여호와의 기업이요 태의 열매는 그의 상급이로다

젊은 자의 자식은 장사의 수중의 화살 같으니 이것이 그의 화살통에

가득한 자는 복되도다"(시 127:3-5).

Thank you for reading

초판 1 쇄 　2021년 10월 18일
지 은 이 _ 권미진
펴 낸 이 _ 김현태
디 자 인 _ 디자인 창(디자이너 장창호)
펴 낸 곳 _ 따스한 이야기
등 　록 _ No. 305-2011-000035
전 　화 _ 070-8699-8765
팩 　스 _ 02- 6020-8765
이 메 일 _ jhyuntae512@hanmail.net

따스한 이야기 페이스북, 인스타그램
https://www.facebook.com/touchingstorypublisher
https://www.instagram.com/touchingstorypublisher

따스한 이야기는 출판을 원하는 분들의 좋은 원고를
기다리고 있습니다.

가격 14,000원